Johannes Maier

Deutsch-patriotische Gedichte

Antigonos

Johannes Maier

Deutsch-patriotische Gedichte

Unveränderter Nachdruck der Originalausgabe von 1871.

1. Auflage 2024 | ISBN: 978-3-38643-564-2

Antigonos Verlag ist ein Imprint der Outlook Verlagsgesellschaft mbH.

Verlag: Outlook Verlag GmbH, Zeilweg 44, 60439 Frankfurt, Deutschland
Vertretungsberechtigt: E. Roepke, Zeilweg 44, 60439 Frankfurt, Deutschland
Druck: Libri Plureos GmbH, Friedensallee 273, 22763 Hamburg, Deutschland

Deutsch-patriotische Gedichte.

dem deutschen Volk

zum Andenken.

Von

Johannes Maier, Kleidermacher aus Tuttlingen.

Tuttlingen, 1871.

Im Selbstverlag des Verfassers.

Druck von Bossinger in Tuttlingen.

Vorrede.

Einen Bau gibt es in der Welt, zu dessen Vollendung nach Kräften beizutragen jeder denkende Mensch verpflichtet ist; ich meine den Bau der Aufklärung und geistigen Freiheit, ohne welche die materielle und reale Freiheit keinen Aufschwung nehmen kann. Nur Wenigen wurde von der Vorsehung die Kraft gegeben, einen ganzen Eckstein oder gar eine Säule zu diesem Bau beizutragen, und diese Wenigen sind „die Ritter des Geistes", von denen Heine singt. Allein wenn auch den Uebrigen eine solche Stärke abmangelt, dürfen sie deßhalb die Hände gänzlich in den Schoos legen? Ich sage „Nein" und von diesem „Nein" ausgehend habe ich mich an „deutsch-patriotische Gedichte" gemacht.

Mögen diese Gedichte wenigstens etwas Weniges dazu beitragen, die Bande des Mißtrauens und der geistigen Beschränktheit, in welchen noch viele Hunderttausende gefesselt sind, wenn nicht abzustreifen, so doch zu lockern und zum Abstreifen vorzubereiten! Ein Weiteres verlange ich nicht.

Johannes Maier.

Deutschlands Größe.

Wie groß bist du mein Vaterland,
Wie lang ward'st schon besungen,
Von der Ostsee bis zum Donaustrand
Ist dir das Werk gelungen,
Das deiner Väter treue Schaar
Für dich erkauft im Kampfe;
Wir rufen laut: „Viktoria!"
Um einzusteh'n für's Ganze.

Ja deine Söhne freuen sich
In allen deutschen Gauen,
Zu kämpfen für dein heilig Recht,
Um jeden Feind zerhauen,
Der sich erfrecht in deinem Schoos
Einheimisch sich zu machen;
Denn jeder Deutsche fühlt sich groß
Zu kämpfen für die heil'ge Sache.

Franzosendurst nach deutschem Blut,
Kann dich nicht länger bannen,
Denn deine Kraft erwacht mit Muth,
Du hältst ihn jetzt gefangen
Den Diktator Napoleon,
Den übermächtigen Erdensohn,
Mit allen seinen Thaten
Wird er zur Schau getragen.

Ein Auge hat zwar längst gewacht,
Seit mehr als hundert Jahren,
Und Viele, die es nicht gedacht,
Die haben's jetzt erfahren:
Daß Preußen war der Wächtersmann,
Der Gut und Blut nicht scheute
Und uns nach blut'gem, heil'gem Kampf
Das Vaterland befreite.

Ach! könnt' der alte Blücher noch,
Den Muth, den er besessen,
Jetzt opfern Deutschlands Einigkeit,
Es wär' nicht zu ermessen,
Was er zu leisten wär' im Stand'
Im Kampfe für das Vaterland.
Doch auf! sein Geist belebt uns ja,
Hurrah hoch! Germania!

Nach der Uebergabe von Sedan im Sept. 1870.

Der Fall von Paris.

Paris, du stolze welsche Stadt,
Wie stets um deine Mauern?
Auf die du dich gebrüstet hat,
Um Deutschland abzulauern,
Das sich erhoben wie ein Mann,
Als du den Rhein bedungen,
Den doch Germania das stolze Weib,
Mit ihrem Schwert errungen.

Begraben liegt dein Frevelmuth,
Begraben deine Stärke,
Hinweg ist all' dein Uebermuth
Durch deine eigenen Werke,
Die dich geschlagen auf dein Haupt,
Das eine Kron einst schmückte,
Wo manches edle deutsche Herz
Voll heil'ger Rach' erglühte.

Drum welsche Stadt, drum welsches Reich,
Bleib stets in deinen Mauern,
Gelüste dich doch niemals mehr
Nach Deutschlands heil'gen Gauen,
Um zu erobern durch dein Schwert,
Was Deutschlands Blut errungen.
Germania hält mit stolzem Muth
Deutschland stets fest umschlungen.

Hoch euch, ihr deutschen Helden all',
Hoch euch, ihr edle Sieger,
Die ihr Paris gebracht zum Fall
Durch Deutschlands Schwert und Lieder,

Hoch euch, die ihr nach heil'gem Kampf
Die Kaiserkron errungen,
Hoch Deutschlands Kaiser, Wilhelm hoch!
Er sei uns stets willkommen.

Im Januar 1871.

Die deutsche Kaiserstadt Berlin.

Berlin, du große Kaiserstadt,
Begrüße deine Auen;
Auf! freue dich als Kaiserstadt
In Deutschlands heil'gen Gauen,
Zu schirmen deutsches Recht und Gut,
Zu retten Deutschlands Ehre,
Um jeden frechen Uebermuth,
Mit Nachdruck stets zu wehren.

Mit neuem Glanz erhebe dich,
Jetzt in Europas Mitte,
Und kämpfe du stets ritterlich,
Wann fremde, welsche Tritte
Sich jemals nähern deiner Stadt,
Wo Kaiser Wilhelm wohnet
Und Tugend, Muth und deutsche Kraft,
In deinen Hallen thronet.

Begrüße deinen Kaiserthron,
Begrüße deine Helden,
Begrüße du stets Deutschlands Wohl
Und zeige allen Welten,
Daß du das Schwert Germanias
Stets treu und würdig führest. —
So nimm du hin den deutschen Dank,
Den Dank, der dir gebühret.

So ehre denn dein graues Haupt,
Von Silberhaar umflochten
Das Deutschlands Ehr' so biederlich
Mit seinem Schwert erfochten,

Dann rufen wir aus voller Brust:
„Paris ist jetzt dahin,
Es lebe hoch die Kaiserstadt
Es lebe hoch Berlin!"

Im Januar 1871.

Trost der Ältern und Geschwistern
für einen im Felde für Deutschlands Ehre gefallenen Helden
im Jahre 1870.

Nach langem Schmerz und kurzen Leiden,
Reißt mich der Tod aus viel Gefahr,
Doch ach! wie fühlt das Herz vor Leiden
Darunter ich gebildet war.
Dank sei dir Vater dargebracht,
Für deine Sorgfalt, gute Nacht!

Leb wohl, du Land das mich geboren,
Wo meiner Kindheit Wiege stand,
Ich sterbe gern, ich ward erkoren
Zu kämpfen für mein Vaterland.
Mein letzter Seufzer gilt fürwahr
Dir Vaterland „Germania!"

In welscher Erde liegt begraben,
Dort Vater, dein geliebter Sohn;
Es kommt ein Auferstehungstage,
Wo ihr einander sehen sollt,
Drum ruf ihm zu stets immerdar,
Leb' wohl du Held „Germanias!"

Dort Mutter, an den Grabeshügeln,
Beweinst du den geliebten Sohn,
Für Deutschlands Ehr' ist er gefallen,
Er starb den rechten Heldentod.
D'rum weine nicht und trau auf Gott,
Er ist dein Helfer in der Noth!

Nun lebet wohl ihr theu'ren Brüder,
Lebt wohl, ihr Freunde insgesammt,
Mein letzter Seufzer soll euch gelten,

Ich scheid jetzt in ein neues Land,
Wo alle Leiden sind vollbracht,
Ich wünsch euch Allen „Gute Nacht!"
Gewidmet dem Johannes Vogler, Messerschmid von Tuttlingen im Dez. 1870.

Die siegreichen Schlachten der Württemberger vor Paris
am 30. Nov., 1. u. 2. Dez. 1870.

Bei Wörth da fangen wir gleich an,
Hurrah! wie schlugen da die Schwaben,
Die Turkos- und Zuavenheer,
Die Franctireurs und Mobiliers.

Wer kennt die Helden von Nogent,
Wer kennt die Tapfern Alle,
Und wißt ihr's, daß nur Wenige sind,
Die kämpften für uns Alle?

Gegen achtzigtausend erkämpften sie
Den Sieg, er war errungen,
Nur Fünfzehntausend waren es,
Die diese Schlacht gewonnen.

Wo find't man solchen Heldenmuth,
Wo find't man solche Braven?
Man find't sie in Germaniens Blut,
Im Volk der biedern Schwaben.

Am ersten Tag der großen Schlacht,
Bedeckten tausend Brave,
Todt und verwundet jenes Feld,
Auf dem sie sich geschlagen.

Der zweite Tag war dem geweiht,
Dem dort sein Herz gebrochen,
Um zu bestatten seinen Leib,
Auf Deutschlands heil'ge Kosten.

Am dritten Tag brach wieder los
Ein fürchterlicher Kampf,
Mit Hurrah stürmten sie den Feind,
In heil'gem Siegesglanz.

Villiers und Brie könnt' uns erzählen,
Champigny unser Zeuge sein,
Daß jeder Mann sich dort gewehret
Für unsern großen deutschen Rhein.

Wir kennen diese Regimenter,
Wir kennen dieses Bataillon,
Die erst' Brigade steht nicht minder
Um zu empfangen Deutschlands Lob.

Auf laßt uns diese Helden ehren
Vom erst' und sieb'ten Regiment,
Und ihre Thaten heilig achten,
Weil wir durch sie jetzt Deutsche sind.

Hoch euch, ihr wackern Jäger alle,
Empfängt von mir des Dichters Lohn,
Und jeder Deutsche rufe freudig
Hoch leb' das zweite Bataillon.

Und wenn des Dichters Hand erlahmet,
Und wenn sein Streben geht zu End
Sein letzter Seufzer gilt euch Sieger,
Von Villiers, Champigny und Nogent.

Im März 1871.

Widmung Sr. Maj. König Ludwig II. von Baiern.

Wo ist ein Fürst in Süd und Norden,
Der gern verzicht' auf seine Kron',
Um Deutschlands Ohnmacht auszurotten,
Und einzuernten Gottes Lohn?
Es ist dieß Ludwig, Baierns König,
Der stets mit seinem Volk regiert,
Und gern verzicht' auf seine Kron',
Wenn dieses zu der Einheit führt.

Ein Wahrspruch ist's, er hat's gesprochen,
Zu jedem seiner Unterthan,
Um Volk und Stände frei zu leiten,
Zu sichern Deutschlands heil'ge Bahn,
Er ist es, der noch jung an Jahren,
Beseelet ist von deutschem Geist,

Und manches deutsche Ungebahren
Zurück in seine Schranken weist.

Ach! gäb' es viel doch solcher Fürsten,
Von deutschem Muth und Geist beseelt,
Es würde keine Fremdmacht lüsten,
Nach Deutschlands Gau'n und heil'ger Erd'.
Drum rufen wir: „Heil diesem König,
„Heil seinem väterlichen Haus,
„Gott segne ihn den Baiern=König,
„Gott segne seiner Väter Haus!"

Hoch euch, ihr wackern Baiern alle,
Hoch euch, die ihr nach hartem Kampf,
Die welsche Macht gebracht zu Falle,
Durch Deutschlands heil'gen Siegeskranz;
Hoch euch, die ihr als deutsche Söhne,
Die welsche Erd' mit Blut bespritzt,
Hoch euch, die ihr den Feind zermalmet,
Den Frevelmuth nun nichts mehr nützt!

So nehmet hin, ihr edle Sieger,
So nehmt ihn hin aus Dichterhand,
Den deutschen Dank, der euch gebührt,
Den Dank vom großen Vaterland.
Hoch! eurem Haupt in eurer Mitte,
Hoch! eurem König Ludwig hoch!
Auf! ehret ihn in eurer Mitte,
Ja, ehret ihn bis in den Tod!

Im Februar 1871.

Die heldenmüthige Schlacht bei Coulmiers

am 9. Nov. 1871 des 1. bairischen Korps unter General v. Tann.

Mit hundertdreißigtausend Mann,
Eröffnet Aurelles de Paladine,
Als französischer General bekannt,
Den Feldzug wie ein König.

Nur achtzehntausend Baiern,
Galt dieser Feldzugsplan,
Doch dieser ward vereitelt.
Durch General v. d. Tann.

Mit heil'gem Gottvertrauen
Drangen die Baiern vor,
Sie kämpften wie die Löwen,
Sie kämpften für deutsches Wohl.

Bei Orleans da kämpften sie,
Von der ersten Division,
Bei Blois und Bourges genannt,
Schob man die Braven vor.

Die zweite Division, die stand
Bei Orleans und Chateaudun,
Sie hielten die Verbindung inn'
Und kämpften mit heil'gem Ruhm.

General Wittich eilt schnell herbei,
Um dieses Problem zu lösen,
Gekämpfet ward nun beiderseits,
Zernickt ward Frankreichs Degen.

Mit sechzigtausend Mann gerüstet,
Drang General von Polhes vor,
Sein Siegestaumel ward zernichtet
Durch der Achtzehntausend Bravour.

Bei Coulmiers der großen Schlacht,
Dort deckten viele Braven,
Todt und verwundet jenes Feld,
Auf dem sie sich geschlagen.

Gedenket doch, ihr deutsche Brüder,
Der Braven, die gefallen sind,
Schickt Freudenthränen auf zum Himmel,
Weil wir durch sie jetzt Deutsche sind.

Auf ehret diese Helden all',
Die kämpften Mann für Mann,
Und jeder Deutsche rufe freudig:
„Hoch leb' General v. d. Tann!"

Der Friedensbote.

Friede komm' als Engelsbote,
Kehre ein in jedes Haus,
Bring der Mutter ihren Gatten
Heim nach hartem Kampf und Strauß.

Friede komm', bring du den Vater
In der lieben Kinder Schoos,
In den trauten Kreis der Seinen,
Gott, Deine Allmacht ist ja groß.

„Vater!" rief der kleine Knabe:
„Komm zu deinem lieben Sohn!"
Doch der Vater konnt' nicht kommen,
Bis er geerntet Gottes Lohn.

Die Mutter kniet' in stillem Schmerze
In ihrem kleinen Kämmerlein,
Schickt' eine Thräne zu dem Himmel:
O süßer Friede kehre ein!

Die Thräne hat den Weg gefunden,
Gott lindert diesen stillen Schmerz,
Des Kindes Ruf hat er erhöret,
Der Friede kommt in jedes Herz.

Kanonendonner, Böllersalven
Verkünden diesen Friedensbot',
Vater, Mutter und die Kleinen
Sind jetzt vereint bis in den Tod.

Im März 1871.

Gratulation zum ersten Geburtsfest Seiner Kaiserl. Majestät Wilhelm I. von Preußen als Deutscher Kaiser.

am 22. März 1871.

Das erste Jahr von Deutschlands Kaiser,
Begrüßen wir stets froh und frei,
Die gold'ne Krone lacht uns heiter
Ins Angesicht, Gott ist getreu!

Er leitet stets nach seinem Willen,
Deutschlands Geschick u. Deutschlands Wohl,
D'rum loben wir ihn in der Stille,
Wie jeder Christ ihn loben soll.

Was Gottes Rathschluß hat beschlossen,
Das hat die jüngste Zeit gelehret,
Und vieler Deutschen banges Hoffen,
Ward glänzend durch das Licht erhellt,
Das als ein Funken sich verbreitet,
Als Funken ward zum Feuermeer,
Weil Gottes Arm es so geleitet,
So rufet laut: „Gebt Gott die Ehr."

Es hallte durch Europas Mitte,
Ein Schmerzensruf, er ist vorbei
Durch Deutschlands Macht u. deutsche Sitte,
D'rum lobet Gott, er ist getreu,
Daß er uns gibt nach vielen Jahren,
Was unsrer Väter Sehnsucht war,
Den König Wilhelm als deutschen Kaiser,
Mit seinem silberweißen Haar.

Neugeboren ist uns sein Name,
Neugeboren Deutschlands Kraft,
Die Allmacht hat ihn auserkoren,
Das große Werk hat er vollbracht.
Ach! wollte Gott, daß er genieße
Noch lange seiner Thaten Lohn,
Und viele Jahr' erleb' im Frieden,
Gott schütze seine Kaiserkron!

General Ignaz Schumacher,
Commandeur der 2. königl. bairischen Division.

General Ignaz aus Baiernland,
In Amberg ward geboren,
Zu München im Kadettenkorps
Als Lieutenant ward erzogen.

Treuergeben seinem König,
Treuergeben seinem Volk,

Treuergeben Deutschlands Ehre,
Kämpfte er wie ein Herold.

Bei Weißenburg und Wörth,
Kämpft' seine Division,
So muthig und so fest,
Mit unvergeßlichem Ruhm.

Bei Sedan und bei Orleans,
Find't man die Tapfern wieder,
Zernichtet ward der welsche Plan,
Durch diese edlen Sieger.

Ein Hoch dem edlen General,
Ein Hoch dem theuren Sieger,
Hoch seiner zweiten Division,
Hoch Deutschlands Schwert und Lieder.

Vergessen ward der Sieger nicht
Von Ludwig, Baierns König,
Geschmücket hat er seine Brust,
Geschmückt wie ihrer wenig.

Doch ach! solch' edles Siegerherz,
Traf eine Dornenkrone:
Der Tod von einem Lieutenant,
Der Tod von seinem Sohne.

Bei Weißenburg, in großer Schlacht
Starb er nach heil'gem Kampf
Den Heldentod, drum weihet ihm
Den deutschen Lorbeerkranz.

Vorüber ist der heil'ge Kampf,
Vorbei ist manches Leiden
Und an die Stell' der Traurigkeit
Gesellt sich Trost und Freuden.

Doch auf! des Dichters Streben
Gilt nur dem Vaterland,
Und diesen deutschen Helden
Von Sedan und Orleans.

Die goldene Friedens-Feder.

Wer kennt die Stadt im Badnerland,
Von deutschem Geist durchdrungen?
Sie grenzt ans biedere Schwabenland,
Drum rufe ich: Willkommen!

Ein Jeder kennt die deutsche Stadt,
Pforzheim wird sie genannt,
Hoch euch, ihr deutschen Brüder all,
Ich reich' euch stets die Hand.

Gewerbefleiß und Industrie,
Ein deutschgesinntes Volk
Glänzt dort in ihrer Mitte wie
Das edle, reine Gold.

Ein Meisterstück aus dieser Stadt
Drang tief in Feindesland:
Die goldne Feder! welch ein Schreck
Für dieses welsche Land.

Da half kein Bitten und kein Fleh'n,
Der Frieden ward diktirt,
Mit dieser Feder, rein von Gold,
Hat Bismarck gut parirt.

Graf Bismarck sprach ganz ungenirt,
Wißt ihr, ihr Herrn Franzosen,
Woher die goldne Feder kommt,
Die euch ausklopft die Hosen?

Sie kommt von einem Fabrikant,
Von einem guten Deutschen,
Aus Pforzheim, wann ihr hin wollt geh'n,
Könnt ihr euch überzeugen.

Doch jetzt genug der Lektion,
Die Feder hat gestrichen
Das Elsaß und Deutsch-Lothringen
Von des Arabers Wüste.

Auch meinen Dank dem edlen Geber
Bring ich unumwunden dar,
Ein Hoch bringt seinem deutschen Geiste
Des Dichters Feder nur von Stahl.